Der Kohlenbrenner

Eine Geschichte aus dem Walde

Anton Schott

Er war ein strammer Junge, der Sepp. Ein großer, hünenhafter Mann, breitschulterig und stark, das Gesicht markig und scharf geschnitten, darin ein mächtiger, hellblonder Schnurrbart, Habichtsnase und zwei dunkelblaue Augen.

Im Walde droben hatte er seine Behausung, ein kleines Hüttchen, zwei Klafter breit, zwei lang und anderthalb Klafter vom Boden bis unter den First. Das war seine Sommerwohnung, und er war zufrieden damit. Als Einrichtung und Hausrath war eine alte, rußige Truhe darinnen, die seinen Sonntagsstaat und die Lebensmittel barg, eine selbstgefügte Bettstatt aus rohen Stämmen, zwei Schütten Stroh darauf, und eine Kotze, und in der hintersten Ecke ein offener Herd.

Wessen hätte er noch bedurft? Für eine Kohlhütte und einen Köhler war es genug.

Des Tages über werkte er beim Meiler. Da gab es immer zu thun. Das Holz wollte kunstgerecht geschichtet sein, das Überdecken des Holzstoßes mit Rasen war nicht minder eine Kunst, die gelernt und geübt sein mußte, und wenn der Meiler einmal dampfte, gab's auch noch zu thun und nachzusehen.

Aber für so einen kundigen Mann wie den Sepp war das letztere keine eigentliche Arbeit mehr. Da hatte er Feiertag und lag hingestreckt auf dem frischgrünen Rasen vor der Hütte und sah dem aufsteigenden Rauche zu. Von Zeit zu Zeit stopfte er sich dann wohl eine Pfeife und blies die blauen Wölkchen stillvergnügt hinaus in die würzige Waldesluft. Dann lauschte er dem Rauschen des Wildbaches, der einige hundert Schritte abseits der Kohlhütte über das Steingerölle hinabtobte, er horchte dem Geflüster der mächtigen Baumriesen, wenn der Wind durch ihre Wipfel strich, und dem fröhlichen Singen der Vögel. Oft versuchte er es selbst, die Amsel oder den Schnerer, das Schwarzblattl oder den Bergfinken nachzuahmen, aber es konnte ihm nicht gelingen.

Dann sann er wohl eine Weile so vor sich hin, und das Endergebnis dieses Sinnens war immer gleich: »Der Mensch ist doch ein recht ungeschlacht und unbeholfen Ding. Rein nur zum Kohlenbrennen taugt er.« Und dann lauschte er wieder von neuem und war glücklich dabei.

Oft gab's auch Gesellschaft in der Kohlhütte. Der Jager und die Holzhauer, die Grenzwachaufseher, die Pascher und die

Wildschützen kamen nicht selten an der Hütte vorbei und verplauderten gern ein Stündchen mit dem Sepp. Der war immer guter Laune und zu Scherz und Schalkheit aufgelegt. Warum hätte er es auch nicht sein sollen?

Von den Gästen erfuhr er, was sich draußen vor dem Walde Großes und Kleines ereignet und zugetragen, daß der gestorben sei und jener sich ein Weib genommen. Im Grunde kümmerte es ihn eigentlich recht wenig, aber er hörte diese Neuigkeiten doch gerne, und dann lachte und scherzte er wieder. Mitunter schickte es sich auch, daß ein Jager und ein Wildschütz, oder ein Aufseher und ein Pascher zu gleicher Zeit sich in der Kohlhütte einfanden. Da flogen wüthende Blicke hin und wider, und die braunen, sehnigen Hände ballten sich kampfbereit zur Faust. Aber der Sepp wußte Ruhe und Frieden zu stiften. Im Nu hatte er den wuchtigen Schürbaum bei der Hand, und dräuend pflanzte er sich damit vor den Widersachern auf.

»Daß Ihr mir Frieden haltet!« gebot er dann. »Wenn Ihr raufen wollt, geht eine Viertelstunde Weges weiter. Im meinem Bereiche will ich Frieden, und wer ihn nicht hält...«

Er brauchte nicht mehr zu sagen. Wenn sie den Hünen ansahen, den Schürbaum in der Hand, konnten sie sich den Schluß seiner Rede ohne Mühe zurechtlegen. Die Fäuste lösten sich, und die Blicke wurden merklich freundlicher. Solange sie in der Kohlhütte beisammen saßen, war Waffenstillstand.

Einmal hatte es der Jager versucht, dem Kohlenbrenner einzureden, er möge heiraten. Er hätte dann doch ein behaglicher Leben und ein eigenes Heim. Wie ihm das im Winter zu statten käme, da er ja zur selben Zeit nur den Bauern auf dem Schemel sitzen müsse! Er hatte aber noch nicht ausgeredet, nahm Sepp schon seine Hacke und ging an den Holzstoß, dort zu schaffen.

»Wenn Du nichts andres weißt, Jager, nachher spar Dir den Atem aufs Todtenbett; dort könntest ihn leicht notwendiger brauchen.«

Seit der Zeit hatte der keinen Versuch mehr gemacht, den Kohlenbrenner ins Ehejoch zu locken. Als er später so darüber nachgesonnen, war es ihm selber beigefallen, daß der Sepp so, wie er war, doch eigentlich am trefflichsten sei: alleweil munter und guter Dinge bei Sonnenschein und Wettersturm.

Das war im Frühjahr und Sommer. Wenn aber der Herbst kam, wenn die Nebel sich in den Schluchten zusammenthaten zu bleigrauen, Schnee verkündenden Wolken, wenn der Herbstwind durch den Wald dahinbrauste und die gelben und braunen Blätter toll vor sich herwirbelte, dann wurde der Sepp tiefsinnig. Es kam ihm vor, als stünde in seinem Herzen auch ein Baum, dessen Blätter fahl und welk würden, und der zuletzt kahl und traurig dastünde, wie abgestorben.

Um diese Zeit brütete er oft den ganzen Tag dumpf vor sich hin, und wenn er einmal einen Menschen in seiner Nähe gewahrte, schreckte er auf und verkroch sich im Dickicht.

Und wenn erst gar der Winter kam mit Reif und Frost, und wenn die ersten Schneeflocken herniederwirbelten, nahm er seine Habe auf den Rücken, sperrte die Kohlhütte ab und wanderte als der unglücklichste Mensch unter der Sonne hinunter ins Thal.

Bei den Bauern im Dorfe nahm er Unterschlupf, half ihnen den Winter hindurch dreschen und Besen binden. Er aß für zwei und arbeitete für drei, aber wenn einer im Laufe des Tages einmal mehr als zehn Worte von ihm gehört hätte, mochte er es sich im Kalender aufschreiben.

Erst um Lichtmeß herum heiterte sich das Gesicht des Kohlenbrenners ein merkliches auf. Wenn die Sonne einmal recht warm schien und gar draußen vor den Fenstern der Mittagsseite einige schneefreie Plätzchen sich zeigten, wurde er sogar gesprächig. Er erzählte dies und jenes und ließ sich wohl gar auf eine harmlose Rederei mit den allzeit lustigen Dirnen ein.

Des Sonntags warf er sich dann in Staat, so gut er es vermochte. Am Vormittage wanderte er mit den anderen zur Kirche, und manch Mädchenauge sah wohlgefällig nach dem schmucken Jungen aus. Er kümmerte sich gar nicht darum und merkte es auch nicht. Seine Gedanken waren im Walde oben bei der Kohlhütte und dem Meiler, und wenn nachmittags die Männer und Burschen in die Schenke gingen, stieg er in den Wald hinauf, nachzusehen, ob es auch droben schon bald schneefrei würde. Solche Gänge machte er von Lichtmeß an fast jede Woche. Gewöhnlich kam er aber in gedrückter Stimmung zurück. Im Walde oben war der Schnee noch schuhtief; aber die Boten des Frühlings waren trotzdem schon hinauf gekommen bis auf die langgestreckten Bergesrücken, und der Schnerer sang schon, trotz Schnee und Nachtfrösten.

Und wenn er dann eines Tages gefunden, es sei oben schon wieder zu hausen, zog

er singend und jubelnd mit seiner kleinen Habe hinauf in seine Kohlhütte. Dort war seine Welt, sein Platz, wohin er gehörte. Die Hütte war bald wieder wohnlich eingerichtet, und des andern Tages waren auch schon Mundvorrath für einige Wochen heraufgeschafft. Im Verlaufe von einigen Tagen rauchte der Meiler wieder so gemüthlich wie im Vorjahre, und Sepp lag in der warmen Frühlingssonne und schaute den gemächlich aufsteigenden Rauchwolken zu, um die ihn hätte ein König beneiden können.

Dann kamen die Gäste wieder, es gab Scherz und Lachen, heiteres und ernstes Gespräch, und des Abends und Morgens dankte der Kohlenbrenner Gott, daß er den Wald so schön gemacht, daß er Holz zum Kohlenbrennen habe wachsen lassen, und daß er ihm so viel Kraft und Verstand gegeben, dies zu besorgen.

Es war im Hochsommer.

Den ganzen Tag über war drückende Schwüle über dem Walde gelegen. Bei Sonnenaufgang hatte die Luft schon bleischwer gedrückt, und mit wachsendem Tage war es noch ärger geworden. Über dem Erdboden hatte sie gezittert und geflimmert, und seit frühem Morgen hatten sich die allzeit sangeslustigen Vögel nicht mit einem Piepsen hören lassen. Nur der Wildbach hatte gerauscht, und die Fliegen und Mücken waren durch die Lüfte geschwirrt.

Da ruhte sich's am wohlsten drinnen im Schatten der Kohlhütte. Der Meiler glomm, und der Köhler konnte schon ein weniges der Ruhe pflegen.

Um halben Nachmittag herum begann ein Gewitter aufzusteigen. Die Luft war womöglich noch drückender und schwüler, und in der Ferne hörte man schon das dumpfe Grollen des Donners.

Sepp nahm die Haue zur Hand und stieg den Hang hinauf, nachzusehen, ob der quer über denselben hinlaufende Wassergraben in Ordnung sei. Er besserte hier und dort nach, damit das brausende Element ja nicht darüber hinaus könne und seinen Meiler und seine Hütte zu Schaden bringe. Als er an der Mündung des Grabens in den

Wildbach den letzten Rasen festgestampft, nahm er im Gefühle vollbrachter Arbeit behaglich eine Prise und schlenderte heim.

Kaum aber war er einige Schritte so vor sich hingegangen, blieb er plötzlich stehen, und die Haue fiel polternd auf die Steine nieder.

Was war das?

Zwischen dem groben Steingerölle lag etwas Braungraues von unbestimmter Form. Ein Strohhut mit einigen Blumen darauf lugte daraus hervor und ein kleines Fäustchen, und etwas abseits lag ein Bergstock. Was mochte das sein? Er, der Sepp, war schon hart an der Schwebe der Dreißiger und über fünfzehn Jahre Kohlenbrenner hier oben im Walde; aber so etwas war ihm noch nie zu Gesichte gekommen – niemals.

Schüchtern trat er näher; nun sah er es. Es war ein Weiberleut, nein, ein Kind. Ein erwachsenes Weiberleut hat größere Fäuste. Aber das seltsame Gewand? Wirr flogen und stoben seine Gedanken durch einander, und dazwischen fuhr einer barsch befehlend: »Helfen!«

Sachte schob er den Strohhut mit den Blumen zurück. Ein Gesichtchen kam zum Vorschein, bleich und fast durchscheinend, und über die linke Stirnseite rieselte tiefrotes Blut und staute sich in den langen blonden Haaren. Er bebte zurück, seine Hand zitterte etwas und ließ den Strohhut. Er, der hünenhafte Sepp, der sich vor niemand in der Welt fürchtete und den im Ernste jeder nur als Freund vor sich sehen wollte, er bebte zurück und wurde so bleich, als es sein rußig Gesicht zuließ. Er stand wieder vor einem Räthsel.

Das Gesichtchen war kein Kindergesicht; es war das Gesicht eines Weibes und kam ihm recht bekannt vor. Wo hatte er es nur gesehen? Richtig! Unten im Thale in der Kirche war auf dem Altarbilde ein Engel gemalt, der Marien die Botschaft überbringt. Der hatte genau dasselbe Gesicht. Also ein Engel!

Es fiel ihm wieder ein, was er in der Schule von dem Sturze der Engel gehört. Aber das Ding da konnte doch kein Engel sein; die haben ja keinen Körper, und es hatte doch einen, wenn auch einen recht zarten.

Ein weit über den Wald hinschallender Donnerschlag rüttelte ihn aus seinem Sinnen auf. Behutsam und vorsichtig hob er das Ding auf seine Arme und eilte damit der Kohlhütte zu. In währendem Eilen aber kam er doch ins reine: Eine Stadtfrau oder etwas Ähnliches konnte es sein.

Mit der größten Vorsicht legte er sie auf seine Liegestatt und eilte rasch hinaus, vor anbrechendem Gewitter noch etwas trockenes Moos für sich zusammen zu rupfen. Das wollte er sich abends vor dem Herde ausbreiten und darauf schlafen; auf seiner Liegestatt sollte die Fremde ruhen. Dann machte er sich daran, zu helfen. Er band den Hut vom Kopfe los und legte ihn abseits nieder. Er getraute sich kaum, recht zuzugreifen, aus Furcht, seine groben, ungeschlachten Hände könnten neuen Schaden anrichten. Dann holte er Wasser und wusch das Blut von der Stirne und aus dem Haare, und im strömenden Regen eilte er hinaus, Sanikelblätter zu holen, die er zerquetschte und auf die leichte Wunde legte.

Nachher heizte er auf dem Herd ein Feuer an und kauerte sich daneben hin, den Blick unablässig auf das fremde Weib gerichtet, das regungslos und bleich auf der groben Kotze lag. War es vielleicht gar schon thot? Leise schlich er hin und befühlte das Handgelenk, ob der Puls noch schlüge. Er glaubte ein schwaches Tippen unter der zarten Haut zu fühlen, und erleichtert setzte er sich wieder an den Herd neben das lustig flackernde Feuer. Draußen blitzte und krachte es, der Regen floß in Strömen, der Sturm tobte und brauste durch die Bäume, und der Widerhall der Donnerschläge machte schier den Wald in seinen Grundfesten erbeben. Doch das fremde Weib lag noch immer regungslos dort und kam trotz des Unwetters und des Tobens der aufgeregten Natur nicht zu sich.

Das Wetter war schon lange vorüber, und die Sonne lugte wieder zur Thüre herein, als es sich endlich zu regen begann.

»Wo bin ich?« hauchte es mit leiser Stimme.

Sepp fuhr ordentlich zusammen bei der Frage. »Sei ruhig!« sagte er so milde, als er es vermochte. »Du bist bei mir in der Kohlhütte, und so gut aufgehoben wie ... im Himmel. Magst etwas zu essen?«

Scheu sahen die dunklen Rehaugen in dem Raume umher, auf der rußigen Hünengestalt des Köhlers blieben sie eine Zeitlang haften, und dann schlossen sich die Lider aufs neue. Doch nach kurzer Zeit öffneten sie sich wieder, und das schwache Stimmchen flüsterte: »Ich habe Durst.«

Sepp holte ein Krüglein Wasser aus dem Brunnen und bot es ihr an. Aber sie regte sich nicht. Da hob er ihr den Kopf sachte in die Höhe und reichte ihr den Trank.

»Hast Du auch Hunger?« fragte er.

Die dunklen Augen musterten ihn wieder eine Weile, dann hörte er ein leises »Ja«.

Er setzte einen Topf Milch an den Herd und legte einige Scheite zu. Derweil hatte sich das fremde Weib auf dem Lager aufgerichtet und an die grobe Balkenwand gelehnt.

»Wie bin ich denn hierher gerathen?« fragte es.

»Ich hab' Dich beim Wildbach zwischen Steingerölle gefunden, schier als eine Tothe«, erzählte Sepp. »Und da habe ich Dich aufgehoben und in meine Hütte getragen...«

»Ich danke Ihnen, Herr... Ich weiß nicht, wie Sie heißen«, unterbrach ihn die Fremde. »Aber ich danke Ihnen herzlichst.«

»Ich bin kein Herr; ich bin der Sepp, der Kohlenbrenner«, berichtigte der. »Und das Danken magst Dir auch ersparen. Das ist im Walde nicht der Brauch. Man hilft, weil es noth thut, und der andere nimmt es ohne Dank hin, weil er selbst nicht anders thun würde. Aber wer bist Du? Und wie bist Du in das Steingerölle hingekommen und hast die Wunde an der Stirn gekriegt?«

Fast unwillkürlich griff die Fremde nach der Wunde. »Haben Sie die Blätter aufgelegt?« fragte sie. »Heilen die?...Wer ich bin? Nennen Sie mich Hedwig; ich heiße auch so.« Wieder war es stille in der Hütte. Das Feuer auf dem Herde knisterte, und die Milch im Topfe begann zu sieden und zu singen. Die Sonne warf ihre Strahlen durch die offene Türe herein und auf die Liegestatt und ein warmer Schein lag über dem bleichen, schönen Gesichte, den Rehaugen und dem blonden, vollen Haare.

Dem Kohlenbrenner war es, als weile ein Engel in seiner Hütte; ein nie gekanntes, seliges Gefühl regte sich in seiner breiten Brust. Es war, als ob die Strahlen der aufgehenden Sonne hineinfielen und jedes Eckchen und Winkelchen mit rosenrothem Lichte erfüllen.

»Ich habe mich im Walde verirrt«, hub die Fremde später wieder an.

Sepp fuhr auf. »Was sagst?«

»Auf der Aussicht oben war ich, und beim Abstiege habe ich mich verirrt. Jetzt fällt mir alles ein. Ich kann mich auch noch erinnern, daß ich fiel. Was nachher geschah, davon habe ich keine Ahnung.«

»Warum bist Du aber allein hinaufgestiegen?« meinte Sepp fast vorwurfsvoll. »Du hättest zum wenigsten Deinen Mann mitnehmen sollen.«

Die Fremde lächelte etwas. »Ich habe ja gar keinen Mann, den ich hätte mitnehmen können. Übrigens habe ich mich noch nie verirrt.«

Sepp schob die Milch vom Feuer weg und schüttete sie auf die Schüssel. Nachher brockte er einen Keil Schwarzbrot darein und bot sie der Fremden.

»Sie ist also noch ein Dirndl«, dachte er. »Schau, wie ich es nicht gleich an ihrem Gesichtchen gemerkt habe... laß Dir's schmecken, und Gott gesegne es Dir!« lud er ein.

Sie sprach der einfachen Kost wacker zu, und er sah mit Behagen, wie es ihr mundete. Junge Kraft ist bald ersetzt, und nach dem Essen fühlte sich die Fremde wieder gestärkt und erholt. Ihre Wangen rötheten sich, sie sprang auf und suchte nach dem Strohhut mit den Blumen darauf.

»Sie haben da eine schöne Bescherung gehabt«, wandte sie sich nachher an den Kohlenbrenner, der am Herde saß neben dem verglimmenden Feuer und ihrem Gehaben stille zusah. »Nicht wahr, wer des Weges nicht kundig ist oder nicht Kraft genug hat, nach einem Falle ebenso frisch und munter zu sein, wie vorher, der soll daheim bleiben. Sie haben sich gewiß auch so etwas gedacht?«

»Dasselb nicht«, wehrte Sepp ab. »Aber ich hab' mich gefürchtet, weil ich gemeint hab, Du wärest todt.«

»Fürchten Sie sich denn vor den Todten? Ich meinte immer, die Leute im Walde fürchten sich vor nichts, besonders wenn sie so groß und stark sind wie Sie.«

»Schon. Ich weiß auch nicht, wie einem sein kunnt' um sein Hasenherz, wenn er sich fürchtet. Ich hätt' mich gewiß nicht gefürchtet vor Dir, wenn Du todt gewesen wärest, aber denkt hab' ich mir, wie schade 's um Dich wäre, und ...«

Sie lachte hell auf. »Ist die Kultur mit ihren Schmeicheleien und gesellschaftlichen Unwahrheiten auch schon bis in die Kohlhütten im Walde vorgedrungen?«

Er verstand sie nicht. Er sagte nichts darauf, aber zum erstenmale in seinem Leben wünschte er, gescheiter zu sein und mit der Fremden so klug reden zu können, wie sie es that.

»Wie weit ist nach Sonnthal?« fragte sie später.

»Drei Stunden, gut gemessen«, gab er als Auskunft, und als er sah, daß sie Anstalten mache, aufzubrechen, mahnte er ab. »Du sollst Dich erst ausrasten und ausruhen. Die Liegestatt ist wohl hart, aber zur Noth ließe sich schon schlafen darauf. Und morgen führe ich Dich hinüber, daß Du Dich nicht wieder vergehst und Dich irgendwo halb todt fällst. Und zu essen hast auch...«

»Wo würden aber Sie schlafen, wenn ich Ihr Anerbieten annähme?«

Er deutete nach dem Mooshaufen neben dem Herde. »Ich liege überall gut.«

»Ich danke Ihnen sehr; ich will Sie aber doch nicht weiter belästigen. Es wird wohl etwas spät werden; aber es ist ja die Dämmerung so lang, und wenn Sie die Güte haben wollen und mir den Weg weisen, wird es schon gehen. Sie werden ohnehin alle in Angst sein um mich.«

Sein Gesicht umdüsterte sich ein Merkliches. »Wenn Du gerade fortgehen willst, mir ist's auch recht. Werde gleich fertig sein.«

Am Abflusse des Brunnens wusch er sich den Ruß von Gesicht und Händen, dann nahm er sein Sonntagsgewand aus der Truhe und gieng damit fort, im Busche draußen kleidete er sich um.

In kurzer Zeit trat er wieder in die Hütte; er stak im Sonntagsgewande und hatte sich sehr vortheilhaft verändert. Dem Mädchen entgieng diese Veränderung nicht. Fast wohlgefällig musterte es den kräftigen, hünenhaften Mann mit dem markigen, scharfgeschnittenen Gesichte, dem buschigen Schnurrbart darin und den ausdrucksvollen blauen Augen.

»Sind Sie also fertig?« fragte sie.

»Wohl.«

Sie giengen. Vor die Thür der Hütte legte er noch ein Schloß, sah am Meiler nach, ob alles in Ordnung sei, und dann schritten sie den Hang hinauf. Sie fragte dies und jenes, und er erzählte vom Leben und Treiben im Walde, von den Holzhauern, Wildschützen und Paschern, von dem Rauschen des Wildbaches und dem Gesange und den Lebensgewohnheiten der gefiederten Sänger.

Sie hörte ihm aufmerksam zu und that wohl auch eine Zwischenfrage. So waren sie auf den Bergrücken gekommen. Die Sonne zeigte sich schon stark dem Untergange zu, die Luft war rein, und würziger Hauch strömte dahin über den Wald.

Sie setzte sich zum Rasten nieder, und er streckte sich in den noch feuchten Bürstlingrasen hin. Sie besah wonneseligen Blickes die herrliche Landschaft rings umher, die im Scheine der untergehenden Sonne wie verklärt zu ihren Füßen lag, und er konnte sein Auge nicht abwenden von ihrem schönen, jugendfrischen Kindergesichte, auf dem es wie Morgenroth lag.

Es dunkelte schon stark, als sie bei den ersten Häusern von Sonnthal anlangten. Sepp blieb stehen.

»Bist Du in Sonnthal daheim?« fragte er plötzlich.

»Nein«, sagte sie. »Die Mutter und die beiden Tanten sind nur auf einige Wochen hergefahren zur Sommerfrische. Morgen oder übermorgen reisen wir schon wieder heim.«

»Bist Du in der Stadt daheim?«

»Ja.«

»Du findest nun schon allein zu Deiner Mutter und Deinen Tanten. Ich werde umkehren. Behüt Dich Gott!«

Sie faßte ihn am Arme. »Noch einen Augenblick, Herr Sepp, oder Sepp, wie Sie wollen. Ich danke Ihnen recht herzlich für die Mühe, die Sie sich mit mir gemacht haben; vielleicht haben Sie mir das Leben gerettet. Aber kommen Sie mit zur Mutter...«

»Nein«, fiel er ihr entschieden in die Rede.

»Wie schade! Nochmals die Versicherung meines herzlichen Dankes! Geld wage ich Ihnen für Ihre Hilfe nicht anzubieten, ich will Ihnen mein Theuerstes geben, das ich bei mir habe.« Sie zog ein Ringlein von ihrem Finger und reichte es ihm hin. »Betrachten Sie den Ring als eine kleine Erkenntlichkeit. Und so leben Sie wohl!«

Sie eilte die Straße dahin.

Er stand noch lange am selben Platze und schaute träumend dorthin, wo sie in der Dunkelheit verschwunden. Ein großer Käfer brummte in der Luft daher und stieß an seinen Kopf. Er fuhr auf, steckte das Ringlein in seinen Geldbeutel und gieng heimwärts.

Wie er heimgekommen, wußte er nicht. Aber mit einemmale stand er vor dem rauchenden Meiler und seiner Kohlhütte. Er sperrte das Schloß auf, legte sein Sonntagsgewand wieder sorgfältig in die Truhe und machte sich das Moos vor dem Herde zurecht. Das Lager, worauf die Fremde gelegen, ließ er unberührt. Als er früh morgens erwachte, war sein erster Griff nach dem Geldbeutel, in dem das Ringlein war.

Ein blanker, blitzender Goldreif war es mit einem wasserhellen Steine daran, der im Scheine der Morgensonne sprühte und funkelte, wie … wie ein Blitz. Einen anderen Vergleich fand er nicht; er war heute überhaupt ganz anders als sonst.

Was ihm noch nie vorgekommen, seit er Kohlenbrenner war, heute kam es ihm vor. Er saß vor der Hütte auf dem Rasen und sah dem träge aufsteigenden Rauchstreifen nach. Zwischendurch glaubte er ein bekanntes, zartes Gesichtchen zu sehen, so schön und jugendfrisch, wie es der Engel am Altarbilde unten in der Kirche im Thale hatte, und das fremde Dirndl, das er gestern im Steingerölle beim Wildbache gefunden. Und darob merkte er nicht, daß hart neben ihm der Meiler auszubrennen anfing. Er wurde es erst gewahr, als die Flamme schon ziemlich hoch zwischen den Rasenstücken hindurchzüngelte.

Da fuhr er erschrocken auf und brachte wieder Ordnung in den Meiler. Dann sah er sich rings nach allen Seiten um, ob niemand in der Nähe sei, der es gesehen haben könne. Als er niemand bemerkte, setzte er sich wieder hin und – träumte von neuem.

Daß der Sepp mit einem Schlage wie ausgewechselt sei, fanden auch die Gäste, die in die Kohlhütte kamen, der Jager und die Aufseher, die Holzhauer, Wildschützen und Pascher.

Er lachte nimmer so wie früher; wenn sie einen Schwank um den anderen erzählten, saß er in sich gekehrt dort, und oft wußte er gar nicht, was sie eigentlich gesagt hatten.

»Sepp«, sagte einmal Hanns, der Wildschütz, »Sepp, ich weiß nicht, wie Du mir seit einigen Tagen vorkommst. Alleweil läßt Du den Kopf hängen, als ob Dir die Hühner das Brot genommen hätten, und weißt oft nicht, was man zu Dir sagt. Dir muß etwas übers Leberl gelaufen sein. Willst Du leicht heiraten?«

So oder ähnlich fragen auch die anderen. Aber Sepp brauste allemal auf, wenn einer so eine Rede that. »Wenn ich Dir nicht recht bin, wie ich bin, nachher brauchst Du auch nicht zu reden mit mir.« Das konnte jeder hören.

Unter einander riethen sie hin und her, was dem lebenslustigen und immer aufgelegten Kohlenbrenner so nahe gehen mochte. Der Herbst war noch weit entfernt, der konnte ihn noch nicht trübe stimmen, der Tod oder irgend ein Unglück eines seiner Verwandten konnte ihm auch nicht zu Herzen gehen, weil er gar keine solche hatte. Was also sonst? Sie zerbrachen sich vergeblich die struppigen Köpfe darob und kamen doch nicht ins Reine.

Das war einige Wochen so.

Eines Tages kam er zum Jager: »Du, ich muß auf einige Tage fortgehen«, sagte er zu dem. »Ich muß ins Land hinein, hab Geschäfte drinnen. Die Kohlen vom letzten Brande hab' ich alle zusammengerichtet, wie es sich gehört, und einen frischen Meiler richte ich wieder her, wenn ich heimkomme. Daß Du davon weißt.«

»Ist schon recht«, sagte der darauf, und des andern Tages beim Morgengrauen wanderte Sepp den Bergrücken hinüber. Er zog nach der Stadt. Im größten Sonnenbrande wanderte er die Straße dahin, und als der Abend kam, nachtete er in einem einsamen Wirtshause hart an der Landstraße. Am nächsten Vormittage stand er in der Stadt.

Wüster Lärm umgab ihn mit einemmale, die Leute wimmelten durch einander wie Ameisen in einem Ameisenhaufen, dazwischen ächzten schwere Lastwagen daher und rollten leichte Kutschen auf dem Pflaster dahin, und die Häuser thürmten sich so beengend zu beiden Seiten der Straße auf. Ab und zu prallte ein geschäftig dahertrippelndes Männlein an seinen starken Leib, und die Vorübereilenden sahen neugierigen Blickes nach dem Riesen in der Gebirgstracht.

Wie die Augen eines Falken musterten seine Augen die Menge, seine Schritte verlängerten sich zusehends, und sein Gesicht wurde immer trostloser. Er kam ans andere Ende der Stadt und kehrte wieder um. All die Schätze und Kostbarkeiten, die in den Schaufenstern der Kaufleute ausgestellt waren, würdigte er keines Blickes. Er sah nur nach den Vorübereilenden und zu Zeiten seufzte er leise auf.

Er stand wieder dort, wo er die Stadt betreten. Ein alter Herr trippelte geschäftig einher. Vor dem pflanzte er sich auf. »Du, weißt Du mir nicht zu sagen, wo ich die finde... Hedwig hat sie gesagt, heißt sie, und ein so herziges Gesicht, wie der Engel in unserer Kirche. Ich suche schon die ganze Stadt ab und kann sie nicht finden.«

Der alte Herr sah ihn eine Weile gar verwundert an. »Wissen Sie die Adresse, Straße, Nummer, Stock?« fragte er nachher.

Sepp sah ihn groß an. Was sollte er da alles wissen? »Das verstehe ich nicht; das weiß ich nicht«, sagte er.

»Sie werden aber doch wissen, wie die Dame sonst noch heißt? Den Zunamen? Hedwig heißen gewiß über hundert Damen in unserer Stadt. Besinnen Sie sich.«

»Sie hat nur gesagt, ich soll sie Hedwig nennen«, erklärte Sepp.

»Daraus kann ich nicht klug werden«, fuhr der alte Herr fort. »Sie müssen doch wissen, welche Dame Sie suchen wollen. Wo sind Sie mit ihr zusammengekommen? Was ist sie?«

»Was sie ist, weiß ich auch nicht. Aber ich habe sie halb tot im Walde gefunden und nachher zu ihrer Mutter geführt. Und da hat sie gesagt, sie hieße Hedwig und wäre aus der Stadt.«

»Aus welcher Stadt?«

»Gibt es denn mehr Städte?«

Der alte Herr lachte laut auf. »Gewiß, tausend, hunderttausend. Und in jeder wohnen Tausende und Tausende von Leuten. Da ist es schwer, eine Dame zu finden, von der man sonst nichts weiß, als daß sie Hedwig heißt und ein herziges Gesicht hat... Wissen Sie was?

Gehen Sie vorläufig in Gottes Namen wieder heim und erkundigen Sie sich genau nach Namen und Adresse der betreffenden Dame. Dann wird es Ihnen leicht sein, sie zu finden. Jedes Kind kann Sie dann zurechtweisen. Also befolgen Sie meinen Rath, und Gott befohlen!«

Der alte Herr gieng weiter. Sepp aber stand noch eine Weile sinnend an einer Straßenecke und sah stier in das ihn umbrausende Leben und Getriebe der Stadt. Dann gab es ihm einen jähen Ruck; er stieß seinen Stock wuchtig auf das Pflaster und wanderte die Straße wieder hinaus, die er angezogen gekommen.

Als ihn wieder schattiger Wald umgab, warf er sich in das grüne Moos und seufzte. Auf dem freien Bergesrücken oben rastete er das letzte Mal. Die Sonne rüstete sich eben zum Untergehen wie selbiges Mal, da er die Fremde hinuntergeleitet nach Sonnthal. Das Abendroth flutete über die Höhen hin, und im Walde sangen die Vögel ihr Schlummerlied. Die frische Bergesluft sog er mit einer Gier ein, als hätte er sie schon jahrelang entbehren müssen, und ums Herz wurde ihm zusehends leichter.

Er hatte sie gesucht in der Stadt. Wenn er sie gefunden hätte? Er hätte sie wohl eine Viertelstunde, eine halbe Stunde ansehen dürfen, dann hätte er doch wieder heimgehen müssen in den Wald, und ... allein. Was würde sie gesagt haben, wenn er ihr vorgeschlagen, mit ihm zu kommen in die Kohlhütte und dort zu bleiben? Darüber hatte er erst auf dem Heimwege so gesonnen. Wenn sie ihm gefiel, mußte es auch umgekehrt der Fall sein? Und eine Stadtfrau in die Kohlhütte ziehen!

»Sepp, Du bist ein Narr gewesen«, sagte er sich, »ein rechter Narr. Hast am helllichten Tag geträumt, und hast Dir's nicht an den Fingern abzählen können. Aber es war ein schöner Traum, und das Aufwachen thut freilich weh. Aber es muß sein, Sepp.«

Er stand auf und wanderte seiner Hütte zu. Des anderen Tages stellte er wieder die groben Holzscheite kunstgerecht zusammen zum Meiler, und als der Jager nachschauen kam, ob der Kohlenbrenner schon daheim wäre, traf er ihn schon in Schweiß gebadet beim Meiler. Die Gäste kamen wie von ehe in die Kohlhütte; Sepp redete und scherzte wieder mit ihnen schier wie früher. Schier, aber er war doch nicht ganz so. Oftmals ertappte er sich, daß seine Gedanken beim Wildbach im Steingerölle waren; aber er erwischte sie immer noch zur rechten Zeit, da er wohl achtgab auf sie. Dann lachte und scherzte er, daß es fast den Anschein hatte, er zwänge sich dazu.

Es kam der Herbst und mit ihm der Tiefsinn in des Kohlenbrenners Gemüte. Das nahm keinen wunder, es war wie alle Jahre her. Im Winter zog er wieder zu den Bauern hinunter in das Tal, drosch und band Besen, und im Frühjahr zog er, der alte, lebenslustige Sepp, wieder in seine Kohlhütte hinauf.

Hanns, der Wildschütz, fragte ihn einmal, als sie so stillvergnügt beisammen saßen: »Sepp, was hast Du selbiges Mal gehabt, daß Du so kopfhängerisch warest?«

»Ich will's Dir sagen, unter uns ... Ich hab' ein Glück gefunden, so wie der Stein da in dem Ringlein, so hell und rein und so zauberisch.« Er zeigte ihm den Stein im Goldreif.

»Ich hab's in der Hand gehabt, so ... Ich habe es festhalten wollen und mir doch nicht getraut. Es ist wieder fort. Nachher habe ich es gesucht und nimmer funden. Aber es war auch gut so. Es hat nicht für mich gehört; was hätte ich damit angefangen? Heute kommt mir alles vor wie ein Traum; ich denke oft im stillen daran. Aber daß ich mir denken thäte, es hätte anders sein sollen, nein, Hanns, das nicht. Es ist gut so, wie es ist, und ich bin der alte Sepp wieder .... Das ist's.«